Der Brief des jungen Arbeiters

Rainer Maria Rilke

Man hat uns in einer Versammlung vorigen Donnerstag aus Ihren Gedichten vorgelesen, Herr V., es geht mir nach, ich weiß mir keinen anderen Rat, als für Sie hinzuschreiben, was mich beschäftigt, so gut es mir eben möglich ist.

Den Tag nach jener Vorlesung geriet ich zufällig in eine christliche Vereinigung, und vielleicht ist das recht eigentlich der Anstoß gewesen, der die Zündung verursacht hat, die solche Bewegung und Treibung auslöst, daß ich mit allen meinen Kräften auf Sie zufahre. Es ist eine ungeheuere Gewaltsamkeit, etwas anzufangen. Ich kann nicht *anfangen*. Ich springe einfach über das, was Anfang sein müßte, weg. Nichts ist so stark wie das Schweigen. Würden wir nicht schon jeder mitten ins Reden hineingeboren, es wäre nie gebrochen worden.

Herr V. Ich spreche nicht von dem Abend, da wir Ihre Dichtungen aufnahmen. Ich spreche von dem anderen. Es treibt mich zu sagen: Wer, ja, anders kann ich es jetzt nicht ausdrücken, *wer* ist denn dieser Christus, der sich in alles hineinmischt. Der nichts von uns gewußt hat, nicht von unserer Arbeit, nicht von unserer Not, nichts von unserer Freude, so wie wir sie heute leisten, durchmachen und aufbringen –, und der doch, so scheint es, immer wieder verlangt, in unserem Leben der *erste* zu sein. Oder legt man ihm das nur in den Mund? Was will er von uns? Er will uns helfen, heißt es. Ja, aber er stellt sich eigentümlich ratlos an in unserer Nähe. Seine Verhältnisse waren so weitaus andere. Oder kommt es wirklich auf die Umstände nicht an, wenn er hier einträte, bei mir, in meinem Zimmer, oder dort in der Fabrik wäre sofort alles anders, gut? Würde mein Herz in mir aufschlagen und sozusagen in einer anderen Schicht weitergehen und immer auf ihn zu? Mein Gefühl sagt mir, daß er nicht kommen *kann*. Daß es keinen Sinn hätte. Unsere Welt ist nicht nur äußerlich eine andere, sie hat keinen Zugang für ihn. Er *schiene* nicht durch einen fertig gekauften Rock, es (ist) nicht wahr, er schiene nicht durch. Es ist kein Zufall, daß er in einem Kleid ohne Naht herumging, und ich glaube, der Lichtkern in ihm, das was ihn so stark scheinen machte, Tag und Nacht, ist jetzt längst aufgelöst und anders verteilt. Aber das wäre ja auch, mein ich, wenn er so groß war, das Mindeste, was wir von ihm fordern können, daß er irgendwie ohne Rest aufgegangen sei, ja ganz ohne Rest –*spurlos* . . .

Ich kann mir nicht vorstellen, daß das *Kreuz bleiben* sollte, das doch nur ein Kreuzweg war. Es sollte uns gewiß nicht überall aufgeprägt werden, wie ein Brandmal. In ihm selber sollte es aufgelöst sein. Denn, ist es nicht *so:* er wollte einfach den höheren Baum schaffen, an dem wir besser reifen könnten. Er, am Kreuz, ist dieser neue Baum in Gott, und wir sollten warme glückliche Früchte sein, oben daran.

Nun soll man nicht immer von *dem* reden, was *vorher* war, sondern, es sollte eben das *Nachher* begonnen haben. Dieser Baum, scheint mir, sollte mit uns so eines geworden sein, oder wir mit ihm, *an* ihm, daß wir nicht immerfort uns mit ihm beschäftigen müßten, sondern einfach ruhig mit Gott, in den, uns reiner hinaufzuhalten, doch seine Absicht war.

Wenn ich sage: Gott, so ist das eine große, nie erlernte Überzeugung in mir. Die ganze Kreatur, kommt mir vor, sagt dieses Wort, ohne Überlegung, wenn auch oft aus tiefer Nachdenklichkeit. Wenn dieser Christus uns dazu geholfen hat, es mit hellerer Stimme, voller, gültiger zu sagen, um so besser, aber laßt ihn doch endlich aus dem Spiel. Zwingt uns nicht immer zu dem Rückfall in die Mühe und Trübsal, die es ihn gekostet hat, uns, wie ihr sagt, zu ›*erlösen*‹. Laßt uns endlich dieses Erlöstsein antreten. Da wäre ja sonst das Alte Testament noch besser dran, das voller Zeigefinger ist auf Gott zu, wo man es aufschlägt, und immer fällt einer dort, wenn er schwer wird, so grade hinein in Gottes Mitte. Und einmal habe ich den Koran zu lesen versucht, ich bin nicht weit gekommen, aber so viel verstand ich, da ist wieder so ein mächtiger Zeigefinger, und Gott steht am Ende seiner Richtung, in seinem ewigen Aufgang begriffen, in einem Osten, der nie alle wird. Christus hat sicher dasselbe gewollt. Zeigen. Aber die Menschen hier sind wie die Hunde gewesen, die keinen Zeigefinger verstehen und meinen, sie sollten nach der Hand schnappen. Statt vom Kreuzweg aus, wo nun der Wegweiser hoch aufgerichtet war in die Nacht der Opferung hinein, statt von diesem Kreuzweg weiterzugehen, hat sich die Christlichkeit dort angesiedelt und behauptet, dort in Christus zu wohnen, obwohl doch in ihm kein Raum war, nicht einmal für seine Mutter, und nicht für Maria Magdalena, wie in jedem Weisenden, der eine Gebärde ist und kein Aufenthalt. Und darum wohnen sie auch nicht in Christus, die Eigensinnigen des Herzens, die ihn immer wieder herstellen und leben von der Aufrichtung der schiefen oder völlig umgewehten Kreuze. Sie haben dieses Gedräng auf dem Gewissen, dieses Anstehen auf der überfüllten Stelle, sie tragen Schuld, daß die Wanderung nicht weitergeht in der Richtung der Kreuzarme. Sie haben aus dem Christlichen ein métier gemacht, eine bürgerliche Beschäftigung, sur place, einen abwechselnd abgelassenen und wieder angefüllten Teich. Alles, was sie selber tun, ihrer ununterdrückbaren Natur nach (soweit sie noch Lebendige sind), steht im Widerspruch mit dieser merkwürdigen Anlage, und so trüben sie ihr eigenes Gewässer und müssen es immer wieder erneu(er)n. Sie lassen sich nicht vor Eifer, das Hiesige, zu dem wir doch Lust und Vertrauen haben sollten, schlecht und wertlos zu machen, und so liefern sie die Erde immer mehr denjenigen aus, die sich bereit finden, aus ihr, der verfehlten und verdächtigten, die doch zu Besserem nicht tauge, wenigstens einen zeitlichen rasch ersprießlichen Vorteil zu ziehen. Diese zunehmende Ausbeutung des Lebens, ist sie nicht eine Folge, der durch die Jahrhunderte fortgesetzten Entwertung des Hiesigen? Welcher Wahnsinn, uns nach einem Jenseits abzulenken, wo wir hier von Aufgaben und Erwartungen und Zukünften umstellt sind. Welcher Betrug, Bilder hiesigen Entzückens zu entwenden, um sie hinter unserem Rücken an den Himmel zu verkaufen! O es wäre längst Zeit, daß die verarmte Erde alle jene Anleihen wieder einzöge, die man bei ihrer Seligkeit gemacht hat, um Überkünftiges damit auszustatten. Wird der Tod wirklich durchsichtiger durch diese hinter ihn verschleppten Lichtquellen? Und wird nicht alles hier Fortgenommene, da nun doch kein Leeres sich halten kann, durch einen Betrug ersetzt, sind die Städte deshalb von so viel häßlichem Kunstlicht und Lärm erfüllt, weil man den echten Glanz und den Gesang an ein später zu beziehendes Jerusalem ausgeliefert hat? Christus mochte recht haben, wenn er, in einer von abgestandenen und entlaubten Göttern erfüllten Zeit, schlecht vom Irdischen sprach, obwohl es (ich kann es nicht anders denken) auf eine Kränkung Gottes hinauskommt, in dem uns hier Gewährten und Zugestandenen nicht ein, wenn wir es nur genau gebrauchen, vollkommen, bis an den Rand unserer Sinne uns Beglückendes zu sehen! *Der rechte Gebrauch, das ists.* Das Hiesige recht in die Hand nehmen, herzlich liebevoll. Erstaunend, als unser, vorläufig, Einziges: das ist zugleich, es gewöhnlich zu sagen, die große Gebrauchsanweisung Gottes, die meinte der heilige Franz von Assissi aufzuschreiben in seinem Lied an die Sonne, die ihm im Sterben herrlicher war als das Kreuz, das ja nur dazu da stand, in die Sonne zu *weisen.* Aber das, was man die Kirche nennt, war inzwischen schon zu einem solchen Gewirr von Stimmen angeschwollen, daß der Gesang des Sterbenden, überall übertönt, nur von ein paar einfachen Mönchen aufgefangen war und unendlich bejaht von der Landschaft seines anmutigen Tals. Wie oft mögen wohl solche Versuche gemacht worden sein, die Versöhnung herzustellen zwischen jener christlichen Absage und der augenfälligen Freundschaft und Heiterkeit der Erde. Aber auch sonst, auch innerhalb der Kirche, ja in ihrer eigenen Krone, erzwang sich das Hiesige seine Fülle und seinen angeborenen Überfluß. Warum rühmt man es nicht, daß die Kirche stämmig genug war, nicht zusammenzubrechen unter dem Lebensgewicht gewisser Päpste, deren Thron beschwert war mit Bastardkindern, Kurtisanen und Ermordeten. War nicht in ihnen mehr Christentum, als in den *dürren* Wiederherstellern der Evangelien, nämlich, lebendiges, unaufhaltsames, verwandeltes. Wir wissen ja nicht, will ich sagen, *was* aus den großen Lehren werden will, man muß sie nur strömen und gewähren lassen und nicht erschrecken, wenn sie plötzlich in die zerklüftete Natur des Lebens fortstürzen und unter der Erde sich in unkenntliche Betten wälzen.

Ich habe einmal ein paar Monate in Marseille gearbeitet. Es war eine besondere Zeit für mich, ich verdanke ihr viel. Der Zufall brachte mich mit einem jungen Maler zusammen, der bis zu seinem Tode mein Freund geblieben ist. Er litt an der Lunge und war eben damals von Tunis zurückgekommen. Wir waren viel beisammen, und da der Abschluß meiner Anstellung mit seiner Rückkehr nach Paris zusammenfiel, konnten wir es einrichten, einige Tage in Avignon uns aufzuhalten. Sie sind mir unvergeßlich geblieben. Zum Teil durch die Stadt selbst, ihre Gebäude und ihre Umgebungen, als auch weil mein Freund in diesen Tagen ununterbrochenen und irgendwie gesteigerten Umgangs sich mir über viele Umstände besonders seines *inneren* Lebens mit jener Beredsamkeit mitteilte, die, scheint es, solchen Kranken in gewissen Momenten eigentümlich ist. Alles was er sagte hatte eine seltsame wahrsagende Gewalt; durch alles, was in oft fast atemlosen Gesprächen dahinstürzte, sah man gewissermaßen den Grund, die Steine auf dem Grunde .... ich will damit sagen, mehr als nur ein nur Unsriges, die Natur selber, ihr Ältestes und Härtestes, das wir doch an so vielen Stellen berühren und von dem wir wahrscheinlich in den getriebensten Momenten abhängen, indem sein Gefäll unsre Neigung bestimmt. Ein Liebeserlebnis, unvermutet und glücklich, kam dazu, sein Herz wurde ungewöhnlich hoch gehalten, tagelang, und so schoß denn auf der anderen Seite der spielende Strahl seines Lebens zu beträchtlicher Höhe auf. Mit jemandem, der sich in solcher Verfassung befindet, eine außerordentliche Stadt und eine mehr als gefällige Landschaft wahrzunehmen, ist eine seltene Vergünstigung; und so erscheinen mir denn auch, wenn ich zurückdenke, jene zarten und zugleich leidenschaftlichen Frühlingstage als die einzigen Ferien, die ich in meinem Leben gekannt habe. Die Zeit war so lächerlich kurz, einem anderen hätte sie nur für wenige Eindrücke hingereicht, mir, der ich nicht gewohnt bin, freie Tage zu verbringen, erschien sie weit. Ja, es kommt mir fast unrecht vor, noch Zeit zu nennen, was eher ein neuer Zustand des Freiseins war, recht fühlbar ein *Raum*, ein Umgebensein von Offenem, kein Vergehn. Ich holte damals, wenn man so sagen kann, Kindheit nach und ein Stück frühes Jungsein, was, alles in mir auszuführen, nie Zeit gewesen war; ich schaute, ich lernte, ich begriff –, und aus diesen Tagen stammt auch die Erfahrung, daß mir ›Gott‹ zu sagen, so leicht, so wahrhaftig, so wie mein Freund sich würde ausgedrückt haben so problemlos einfach sei. Wie sollte mir dieses Haus, das die Päpste sich dort aufgerichtet haben, nicht gewaltig vorkommen? Ich hatte den Eindruck, es könne überhaupt keinen Innenraum enthalten, sondern müsse aus lauter dichten Blöcken geschichtet sein, so als wäre den Verbannten nur darum zu tun gewesen, das Gewicht des Papsttums, sein Übergewicht, auf die Waage der Geschichte zu häufen. Und dieser kirchliche Palast türmt sich wahrhaftig über den antiken Torso einer Heraklesfigur, die man in die felsigen Grundfesten eingemauert hat ›ist er nicht‹ sagte Pierre, ›wie aus diesem Samenkorn ungeheuerlich aufgewachsen?‹ Daß *dieses* das Christentum sei, in einer seiner Verwandlungen, wäre mir viel verständlicher, als seine Kraft und seinen Geschmack in dem immer schwächeren Aufguß jener Tisane zu erkennen, von der man behauptet, daß sie aus seinen ersten zartesten Blättern bereitet sei..

Sind doch auch die Kathedralen nicht der Körper jenes Geistes, den man uns nun als den eigentlich christlichen einreden will. Ich könnte denken, daß unter einigen von ihnen das erschütterte Standbild einer griechischen Göttin ruhe; soviel Erblühung, soviel Dasein ist in ihnen emporgeschossen, wenn sie auch, wie in einer zu ihrer Zeit entstandenen Angst, von jenem verborgenen Leib fort in die Himmel strebten, die fortwährend offen zu halten der Ton ihrer großen Glocken bestimmt war.

Nach meiner Rückkehr damals von Avignon bin ich viel in Kirchen gegangen, abends und am Sonntag, erst allein . . . später . . .

Ich habe eine Geliebte, fast noch ein Kind, die als Heimarbeiterin beschäftigt ist, wodurch sie oft, wenn es wenig Arbeit gibt, in eine arge Lage gerät. Sie ist geschickt, sie würde leicht in einer Fabrik unterkommen, aber sie fürchtet den Patron. Ihre Vorstellung von Freiheit ist grenzenlos. Es wird Sie nicht wundern, daß sie auch Gott so wie eine Art Patron empfindet, ja als den "Erzpatron", wie sie mir sagte, lachend, aber mit solchem Schreck in den Augen. Es hat lange gebraucht, bis sie sich entschloß, einmal abends mit mir nach St. Eustache zu gehen, wo ich gerne eintrat, wegen der Musik der Maiandachten. Einmal sind wir zusammen nach Maux geraten und haben in der Kirche dort Grabsteine angesehen. Allmählich merkte sie, daß Gott einen in den Kirchen in Ruhe läßt, daß er nichts verlangt; man könnte meinen, er wäre überhaupt nicht da, nichtwahr, aber doch im Augenblick, wo man das etwa sagen wollte, meinte Marthe, daß er auch in der Kirche nicht ist, da hält einen etwas zurück. Vielleicht nur das, was die Menschen selbst durch soviel Jahrhunderte hereingetragen haben in diese hohe, eigentümlich bestärkte Luft. Vielleicht ist es auch nur, daß das Schwingen der mächtigen und süßen Musik nie ganz hinaus kann, ja es muß ja längst in die Steine eingedrungen sein, und es müssen merkwürdig erregte Steine sein, diese Pfeiler und Wölbungen, und wenn ein Stein auch hart ist und schwer zugänglich, schließlich erschütterts ihn doch, immer wieder Gesang und diese Angriffe von der Orgel her, diese Überfälle, diese Stürme des Lieds, jeden Sonntag, diese Orkane der großen Feiertage. Windstille. Das ists, was recht eigentlich in den alten Kirchen herrscht. Ich sagte es Marthe. Windstille. Wir horchten, sie begriff es sofort, sie hat eine wunderbar vorbereitete Natur. Seither traten wir manchmal da und dort ein, wenn wir singen hörten, und standen dann da, dicht aneinander. Am schönsten wars, wenn ein Glasfenster vor uns war, eines von diesen alten Bilderfenstern, mit vielen Abteilungen, jede ganz angefüllt mit Figuren, großen Menschen und kleinen Türmen und allen möglichen Ereignissen. Nichts ist dafür zu fremd gewesen, da sieht man Burgen und Schlachten und eine Jagd, und der schöne weiße Hirsch kommt immer wieder vor im heißen Rot und im brennenden Blau. Ich habe einmal ganz alten Wein zu trinken bekommen. So ist das für die Augen, diese Fenster, nur daß der Wein nur dunkelrot war im Mund, dieses hier aber ist dasselbe auch noch in Blau und in Violett und in Grün. Es ist ja überhaupt *alles* in den alten Kirchen, gar keine Scheu vor etwas, wie in den neuen, wo nur gewissermaßen die guten Beispiele vorkommen. Hier ist auch das Arge und Böse und das Fürchterliche; das Verkrüppelte, das was in Not, das was häßlich ist und das Unrecht –, und man möchte sagen, daß es irgendwie geliebt sei um Gottes willen. Hier ist der Engel, den es nicht gibt, und der Teufel, den es nicht gibt; und der Mensch, den es nicht gibt, ist zwischen ihnen, und, ich kann mir nicht helfen, ihre Unwirklichkeit macht ihn mir wirklicher. Ich kann das, was ich fühle, wenn es heißt: ein Mensch, dort drin besser zusammennehmen, als auf der Straße unter den Leuten, die rein nichts Erkennbares an sich haben. Aber das ist schwer zu sagen. Und das, was ich nun sagen will, ist noch schwerer aus(zu)drücken. Was nämlich den "Patron", die Macht, angeht (das ist mir auch so langsam dort drin, wenn wir ganz in der Musik standen, klar geworden), so gibt es nur *ein* Mittel wider sie: weiter zu gehen als sie selbst. Ich meine das so: Man sollte sich anstrengen, in jeder Macht, die ein Recht über uns beansprucht, gleich alle Macht zu sehen, die ganze Macht, Macht überhaupt, die Macht Gottes. Man sollte sich sagen, es gibt nur *eine*, und die geringe, die falsche, die fehlerhafte so verstehen, als wäre sie das, was uns mit Recht ergreift. Würde sie nicht unschädlich auf diese Weise? Wenn man in jeder Macht, auch in arger und boshafter, immer die Macht selbst sähe, ich meine *das*, was zuletzt recht behält, mächtig zu sein, überstünde man da nicht, heil, sozusagen, auch das Unberechtigte und Willkürliche? Stellen wir uns nicht zu allen den unbekannten großen Kräften genau so? Keine erfahren wir in ihrer Reinheit. Wir nehmen jede zunächst hin mit ihren Mängeln, die vielleicht unseren Mängeln angemessen sind. Aber hat nicht bei allen Gelehrten, Entdeckern und Erfindern, die Voraussetzung, daß sie es mit großen Kräften zu tun hätten, plötzlich zu den größesten geführt? Ich bin jung, und es ist viel Aufbegehrung in mir; ich kann nicht versichern, daß ich nach meiner Einsicht handle in jedem Falle, wo Ungeduld und Unlust mich hinreißen, im Innersten aber weiß ich, daß die Unterwerfung weiter führt als die Auflehnung; sie beschämt, was Bemächtigung ist, und sie trägt unbeschreiblich bei zur Verherrlichung der richtigen Macht. Der Aufgelehnte drängt aus der Anziehung eines Machtmittelpunktes hinaus, und es gelingt ihm vielleicht, dieses Kraftfeld zu verlassen; aber darüber hinaus steht er im Leeren und muß sich umsehen nach einer anderen Gravitation, die ihn einbeziehe. Und diese ist meist von noch minderer Gesetzmäßigkeit als die erste. Warum also nicht gleich in jener, in der wir uns vorfinden, die größeste Gewalt sehen, unbeirrt durch ihre Schwächen und Schwankungen? Irgendwo stößt die Willkür von selber ans Gesetz, und wir ersparen Kraft, wenn wir ihr überlassen, sich selber zu bekehren. Freilich das gehört zu den langen und langsamen Vorgängen, die so völlig in Widerspruch stehen mit den merkwürdigen Überstürzungen unserer Zeit. Aber es wird neben den schnellsten Bewegungen immer langsame geben, ja solche von so äußerster Langsamkeit, daß wir ihren Verlauf gar nicht erleben können. Aber dazu, nicht wahr, ist ja die Menschheit da, daß sie abwarte, was über den Einzelnen hinausreicht. Von ihr aus gesehen, ist das Langsame oft das Schnellste, das heißt, es erweist sich, daß wir es nur langsam nannten, weil es ein Unmeßbares war.

Nun gibt es scheint mir, ein völlig Unermeßliches, an dem mit Maßstäben, Messungen und Einrichtungen sich zu vergreifen, die Menschen nicht müde werden. Und hier in jener Liebe, die sie mit einem unerträglichen Ineinander von Verachtung, Begierlichkeit und Neugier die "sinnliche" nennen, hier sind wohl die schlimmsten Wirkungen jener Herabsetzung zu suchen, die das Christentum dem Irdischen meinte bereiten zu müssen. Hier ist alles Entstellung und Verdrängung, obwohl wir doch aus diesem tiefsten Ereignis hervorgehen und selber wieder in ihm die Mitte unserer Entzückungen besitzen. Es ist mir, wenn ich es sagen darf, immer unbegreiflicher, wie eine Lehre, die uns *dort* ins Unrecht setzt, wo die ganze Kreatur ihr seligstes Recht genießt, in solcher Beständigkeit sich, wenn auch nirgends bewähren, so doch weithin behaupten darf.

Ich denke auch hier wieder an die bewegten Gespräche, die ich mit meinem verstorbenen Freunde führen durfte, damals, in den Auen der Barthelasse-Insel im Frühling und später. Ja in der Nacht, die seinem Tode zuvorging (er starb am folgenden Nachmittag kurz nach fünf Uhr), hat er mir in einen Bereich blindesten Erleidens so reine Ausblicke eröffnet, daß mir mein Leben an tausend Stellen neu zu beginnen schien und mir, da ich antworten wollte, die Stimme nicht zur Verfügung stand. Ich wußte nicht, daß es Tränen der Freude gab. Ich weinte meine ersten anfängerhaft, in die Hände dieses morgen Toten und fühlte, wie in Pierre die Flut des Lebens noch einmal stieg und überging, da diese heißen Tropfen hinzukamen. Bin ich überschwänglich? Ich rede ja von einem *Zuviel*.

Warum, ich frage Sie, Herr V., wenn man uns helfen will, uns so oft Hülflosen, warum läßt man uns im Stich, dort an den Wurzeln alles Erlebens? Wer uns *dort* beistände, der könnte getrost sein, daß wir nichts weiter von ihm verlangten. Denn der Beistand, den er uns dort einflößte, wüchse von selbst mit unserem Leben und würde größer und stärker mit ihm zugleich. Und ginge nie aus. Was setzt man uns nicht ein in unser Heimlichstes? Was müssen wirs umschleichen, und geraten schließlich hinein, wie Einbrecher und Diebe, in unser eigenes schönes Geschlecht, in dem wir irren und uns stoßen und straucheln, um schließlich wie Ertappte wieder hinauszustürzen in das Zwielicht der Christlichkeit. Warum, wenn schon Schuld oder Sünde, wegen der inneren Spannung des Gemüts mußte erfunden werden, warum heftete man sie nicht an an einen anderen Teil unseres Leibes, warum ließ man sie fallen dorthin und wartete, daß sie sich auflöse in unserem reinen Brunnen und ihn vergifte und trübe? Warum hat man uns das Geschlecht heimatlos gemacht, statt das Fest unserer Zuständigkeit dort hin zu verlegen?

Gut, ich will zugeben, es soll nicht uns gehören, die wir nicht imstande sind, so unerschöpfliche Seligkeit zu verantworten und zu verwalten. Aber warum gehören wir nicht zu Gott von *dieser* Stelle aus?

Ein Kirchlicher würde mich darauf verweisen, daß es die Ehe gäbe, obwohl ihm nicht unbekannt wäre, wie es mit dieser Einrichtung bestellt ist. Es nützt auch nichts, den Willen zur Fortpflanzung in den Gnadenstrahl zu rücken –, mein Geschlecht ist nicht nur den Nachkommen zugekehrt, es ist das Geheimnis meines eigenen Lebens –, und nur weil es dort, wie es scheint, den mittleren Platz nicht einnehmen soll, haben so viele es an ihren Rand verschoben und darüber das Gleichgewicht verloren. Was hilft alles! Die entsetzliche Unwahrheit und Unsicherheit unserer Zeit hat ihren Grund in dem nicht eingestandenen Glück des Geschlechts, in dieser eigentümlich schiefen Verschuldung, die immerfort zunimmt und uns von der ganzen übrigen Natur trennt, ja sogar von dem Kind, obwohl, wie ich in jener unvergeßlichen Nacht erfuhr, seine, des Kindes, Unschuld durchaus nicht darin besteht, daß es, sozusagen, kein Geschlecht kenne, "sondern", so sagte Pierre fast tonlos, "jenes unbegreifliche Glück, das uns an *einer* Stelle erwacht mitten im Fruchtfleisch der geschlossenen Umarmung, ist noch in seinem ganzen Körper überall namenlos ›verteilt‹. Um die eigentümliche Lage unserer

Sinnlichkeit zu bezeichnen, müßte man also sagen dürfen: Einmal waren wir *überall* Kind, jetzt sind wirs nur noch an einer Stelle. Wenn aber nur ein Einziger unter uns ist, dem das gewiß wäre und der die Beweise dafür aufzuzeigen die Fähigkeit besäße, warum lassen wirs geschehen, daß eine Generation nach der anderen unter dem Schutt christlicher Vorurteile zu sich kommt und sich rührt wie der Scheintote im Finstern, in einem engsten Zwischenraum zwischen lauter Absagen!?

Herr V. Ich schreibe und schreibe. Eine ganze Nacht ist fast drüber hingegangen. Ich muß mich zusammenfassen. Habe ich gesagt, daß ich in einer Fabrik angestellt bin? Ich arbeite im Schreibzimmer, manchmal habe ich auch an einer Maschine zu tun. Früher konnte ich einmal eine kurze Zeit studieren. Nun, ich will nur sagen, wie mir zu mute ist. Ich will, sehen Sie, anwendbar sein an Gott, so wie ich da bin; was ich hier tue, Arbeit, das will ich weitertun auf ihn zu ohne daß mir mein Strahl gebrochen wird, wenn ich das so ausdrücken darf, auch nicht in Christus, der einst für viele das Wasser war. Die Maschine, zum Beispiel, ich kann sie ihm nicht erklären, er behält nicht. Ich weiß Sie lachen nicht, wenn ich das so einfältig sage, es ist am besten so. Gott dagegen, ich habe dieses Gefühl, *ihm* kann ich sie bringen, meine Maschine und ihren Erstling, oder sonst meine ganze Arbeit, es geht ohneweiters in ihn hinein. So wie es für die Hirten einmal leicht war, den Göttern ihres Lebens ein Lamm zu bringen oder die Feldfrucht oder die schönste Traube.

Sie sehen, Herr V., ich konnte diesen langen Brief schreiben, ohne das Wort Glauben ein einziges Mal nötig zu haben. Denn das scheint mir eine umständliche und schwierige Angelegenheit zu sein, und nicht die meine. Ich will mich nicht schlecht machen lassen um Christi willen, sondern gut sein für Gott. Ich will nicht von vornherein als ein Sündiger angeredet sein, vielleicht bin ich es nicht. Ich habe so reine Morgen! Ich könnte mit Gott reden, ich brauche niemanden, der mir Briefe an ihn aufsetzen hilft.

Ihre Gedichte kenne ich nur aus jener Vorlesung neulich abend, ich besitze nur wenige Bücher, die meistens mit meinem Beruf zu tun haben. Ein paar allerdings, die von Kunst handeln, und Historisches, was ich mir eben verschaffen konnte. Die Gedichte aber, das müssen Sie sich nun gefallen lassen, haben diese Bewegung in mir hervorgerufen. Mein Freund sagte einmal: Gebt uns Lehrer, die uns das Hiesige rühmen. Sie *sind* ein solcher.